DİDEM MADAK
GRAPON KÂĞITLARI

İzmir doğumlu (1970-2011). Liseyi İzmir'de tamamladı. Dokuz Eylül Üniversitesi Hukuk Fakültesi'ni bitirdi. İlk şiirleri *Sombahar* ve *Ludingirra* dergilerinde yayımlandı. İlk kitabı *Grapon Kâğıtları* (2000) ile İnkılâp Kitabevi Şiir Ödülü'nü aldı. Sonraki yıllarda iki kitabı daha yayımlandı: *"Ah"lar Ağacı* (2002) ve *Pulbiber Mahallesi* (2007). 2008'de kızı Füsun dünyaya geldi. Şairin bu üç kitabının Metis'te yaptığımız tekrar basımları okurlardan geniş ilgi gördü.

Metis Yayınları
İpek Sokak 5, 34433 Beyoğlu, İstanbul
e-posta: info@metiskitap.com
www.metiskitap.com
Yayınevi Sertifika No: 43544

Metis Edebiyat

Grapon Kâğıtları
Didem Madak

İlk Basım: İnkılâp Yayınevi, 2000
İkinci Basım: Metis Yayınları, Kasım 2012
On Dördüncü Basım: Eylül 2021

Kapak ve Görsel Tasarım:
Semih Sökmen

Dizgi ve Baskı Öncesi Hazırlık:
Metis Yayıncılık Ltd.

Baskı ve Cilt:
Yaylacık Matbaacılık Ltd.
Fatih Sanayi Sitesi No: 12/197 Topkapı, İstanbul
Matbaa Sertifika No: 44865

ISBN-13: 978-975-342-876-7

DİDEM MADAK
GRAPON KÂĞITLARI

metis

Kardeşime, Işıl'a...

İÇİMDEKİLER

Uykuveren resimli şemsiyesini açarak
"Bu gece öykü yok" dedi.
Şu insanlara bak.

Andersen Masalları'ndan...

AY IŞIL'A SIĞIŞMIŞTI

Işıl çocuktu o zaman, ben de öyle
Mevsim kesin yazdı, karpuzdan feneriyle
Hani her çocuğu başka bir çocuğa
Yaklaştıran bir şarkı vardır ya
Kıyıya yanaşan bir gemi gibi.

O akşam ay Işıl'a sığışmıştı, Işıl çocukluğuna,
Çocukluğumuz mor bir zambağa
Hani her çocuk zaman zaman
Kendini mor bir zambağın içinde düşler ya
Sonra iki çocuk birbirine gülümser, sonra
Zambağın içine bir çiy tanesi düşer

Koşuşan iki ateş gibi konuşmuştuk
İki küçük geveze gece sineğiydik
Düşlerimiz el ele tutuşmuştu,
El ele tutuşmuş iki kelebek gibi.
Gidecektik, kaçacaktık buralardan
Uzak ülkeler düşlemiştik.
Büyük gemiler yüzmüştü ruhumuzda
Ben Işıl'ın yelkenini üflememiştim
Bensiz uzaklara gitmesin diye
Pirinç taneleri savurmuştuk havaya,
Grapon kâğıtları, konfetiler...
Fener alayı geçmişti gözlerimden
Işıl sevinçle alkışlamıştı.

Bir daha hiç ay Işıl'a sığışmamıştı.
O akşamki gibi, o akşamki kadar büyük
Siyah saçlı bir mucizeydi sanki ay
Ateşe atmıştık biz onu
İnce ve beyaz bir kemik gibi
Susmuştuk, peygamberler inmişti hayatımıza,
donuk fotoğraflar, yalanlar, kitaplar...
Susmuştuk, bir baykuş
Kapı aralığına sıkışmış bir ruh gibi bağırmıştı
Susmuştuk, bir daha hiç
Ay Işıl'a sığışmamıştı.
Ayın yerinde kara bir delik kalmıştı.

ANNEMLE İLGİLİ ŞEYLER

Sevgili Anneciğim,
Binlerce kez açıldım, binlerce kez kapandım yokluğunda
Kocaman bir dağ lalesi gibi
Ve kapkara göbeğini dünyaya fırlatacakmış gibi duran.

Şimdi mucizevî bir yerdeyim
Muc'ın ucuz evinde
Sanki mürekkebi rutubet olan bir kalem
Duvarlara hep senin resmini çiziyor
di'li geçmiş zamanda birçok resim,
Hep gülümsüyorsun
Aklının ortasında mavi bir yıldız varmış gibi
Ve o yıldız karanlık bir şubat akşamında
Durmadan soluyormuş gibi

Hatırlar mısın?
Mavi saçlı bir tanrı gibi severdim Burdur Gölü'nü
O göl şimdi içimde kocaman bir anne ölüsü.
Vişne bahçeleriyle dolu,
Neşeli bir şehre benzerdi senin sesin.
Bazen ölmek istiyorum
Beni yeniden doğurman için
İri, ekşi bir vişne tanesi gibi.

Kış başında bir ton kömür yığarlardı kapıya
Bazen görülen rüyalar gibi kapkara
Bir ton rüya çıtırdarken
Sen kar yağmadan önce başkaydın,
Kar yağdıktan sonra bambaşka.
Sanki hep buluğ çağındaydım.
Kuşlar zaptederdi her yeri, sabahları
Binlerce kez söylerlerdi söyleyeceklerini
Bizim hiç anlayamayacağımız bir şeyi
Senin şarkıların aç kuşlara buğday saçardı
Kediler yusyuvarlak dururdu karın ortasında
Kar manzaralı bir resmin ortasında durur gibi
Gri kediler sarmıştı etrafımızı, gri dağlar...
Bir tek senin çocuklar üşüyecek rengi saçların vardı.

Ben bu eve Muc'ın ucuz evi diyorum
Yokluğunda böyle oldum.
Mucize öldükten sonra buraya taşındım.
Ve inan
Muc bu evi bana ucuza verdi.

Yaşasaydın, hayatının ortasına
Güller yığan bir adam olsun isterdim babam.
Sen bir çocuk romanı annesi ol isterdim.
Ölü mısır tarlaları hışırdıyordu
Ve kalbimde çıngıraklı yılan sürüleri
Diye başlayan bir çocuk romanında...
Şalına sarınırdın toprağa sarınır gibi
Erken öleceğini biliyordum bana bırakmak için,
Bu acımasız ölü anne sesini

Şimdi mucizevî bir yerdeyim
Zaman bir salyangozun vücudunda yaşıyor burada
Ve çok ağır ilerliyor.
Yüzümdeki çillerden başka
İsyan eden biri yok hayatımda.

NOT: Ölen her kadın için bir şiir yazdım.
Onları Muc'a evin karşılığında verdim
Çok ucuza.
Artık bütün üzgün oluşlarımın adı:
ANNE!

MUTSUZA KİM BAKACAK?

Müjde Bilir'e

İki sigaram kaldı bu gece için maviş anne
İki muhabbet kuşum.
İki kendim varmış maviş anne
Biri benmişim, biri mutsuz
Ben ölürsem maviş anne, mutsuza kim bakacak?
Dünyaya bile bir dünya anne lazım.
Biri sen ol maviş anne, biri ben.
Dünyanın bütün sabahlarına iki bilet al da
birlikte gidelim maviş anne
Bana da kendi serüvenimden bir yer ayırt,
Şefkate söyle o da gelsin.
Özledim onu, o da gelsin saçlarıma dokunsun
Bilir misin, büyüler bile ninniyle büyür
Temiz kokan pazen gecelikler, şehriye çorbası...
Hepsi, hepsi ninniyle büyür.
Bilir misin maviş anne?
Ben çekildiğim her fotoğrafta
Defolu bir kelebek gibi çıkarım.

Mavi kareli gömleğiyle hatırladıkça babamı
Kırpıp kırpıp fotoğrafları, döküyorum başımdan aşağı
Sanırım ben assolist oldum maviş anne
Şimdi mutluyum
Geçmişini mi yok ettin kızım diye soran
Bir babadan kurtuluşumu kutluyorum
Babama söyle, o gelmesin maviş anne
Birileri mutsuzsa, mutsuzlara nergis yolla,
Bir kırmızı battaniye,
onlara bir mutluluk çadırı yolla
sonra belki, ben de gelirim

Kuşlarımı da bırakayım gitsinler
Dışarıda ölürler mi sence
Postacı mektup bile getirmezse onlardan
Ben bir anne gibi ağlarım sonra
Bırakmayayım, gitmesinler bari maviş anne
Ölürler yazık dışarıda!
Onlar birer yıldız olursa
Biri mavi, biri yeşil
Ben onlara bakarım maviş anne.

Kalbimi de büyüttüm sonunda
Artık bazen gözlerime tırmanıp bakıyor sokağa
Kirpiklerime tutunuyor, o ince parmaklıklara
Öyle çok büyüdü yani, görsen şaşarsın.
Kalbim sanırım büyüyünce
Sokaklarda ağlayan biri olacak
Rezillik yani maviş anne!
Kalbim komik kaçacak
Kaçmaması için sen en iyisi kalbime de
Benim serüvenimden bir yer ayırt
Aman, mutsuz bir yer olmasın!

İki sigaram kaldı bu gece için
Yüzyıl yetecek çocukluğum,
İki muhabbet kuşum,
Biraz da ateşim var.
Dua ediyorum ateşe
Vazgeçsin diye beni yakmaktan bu gece
Dünyanın bütün sabahları için iki bilet al maviş anne
Aman umutsuz bir yer olmasın!

İki kendim varmış maviş anne
Biri benmişim biri mutsuz
Ben ölürsem maviş anne, mutsuz için
Dünyanın bütün sabahlarına bir bilet al.

Ben ölürsem mutsuza iyi bak!

KURABİYE

Zaman zaman çok yalnızım Kalbiye
Arsız sarmaşıklar gibi her sabah
Bıkmadan tırmanıyorum güneşin tahta perdesine
Mor çiçeklerle açılmak için dünyaya.
Güneş tozlar püskürtüyor koca ağzından
aslında hiçbir şey görünmüyor Kalbiye

Kalbim kocaman bir kelebekti Kalbiye
Bir elmasın içinde unutulmuş yıllar önce.
Pembe bir merhemle doğardı günler
Saçlarımı çözerdim, taze elmalar gibi soyardım bedenimi
Bahar, simit, salatalık, midye kokardı her yan
Dünya artık bir daha hiç
Bir okul çıkışı gibi kokmayacak mı?
Hayatın Kalbiye, o iri dudaklı çingenenin
Ellerini hiç tutamayacak mıyım bir daha?
Elmasın çatlarken çıkardığı sesi duyuyor musun,
Bedenime çarpan incilerin sesini?
Bir kadeh içindeki tozu üflüyor
Her şeyi bir veba salgını gibi hatırlayarak
Bekliyorum beklediğim neyse onu.
Zaman Kalbiye, zaman şimdi
Kalbimde habire uzayan bir minare

Zaman zaman çok yalnızım Kalbiye
Bugün ağlayarak kurabiye yerken,
Çay fincanında kendimi seyrederken
Çay beni içti, ben de çayı Kalbiye
Ruhumdan çaylar aktı saatlerce
Âşık olduğu için kahve döküyordu terliklerine
Heinrich Böll'ün Palyaço'su
Mary onu bırakıp gitmişti, yalnızdı.
Sonra yosunun Latincedeki adı Laminarya'ydı...
İçimde gezinen salyangozun tırnakları
Her hatırladığım şey için bir santimetre uzuyor Kalbiye
Aslında hiç istemiyorum ama
Ne yapsam rutubetim sözlere bulaşıyor Kalbiye.

KAÇ ZAMANDAN

Bu akşam ruhuma uygun, mavi
taftadan bir tuvalet giydim, Aylâ Abla
Sen de artık bir irmik helvası yaparsın
İrmikler pembeleşince
(Sen de pembeleşirsin)
İrmikler tane tane olunca
(Sen de dağılırsın köşe bucağa)

Anlatacaklarını en rüküş kalbinle
Anlat Aylâ Abla
Ben de göğsüme kırmızı bir gül takarım.
Kaç zamandan beri saate bakıp bakıp
saçlarını tarıyorsun
Kaç zamandır şu hayata
bir oldu bitti gözüyle bakıyorsun.
Sanki aynalar sarkıyor
bu kış yine gözlerinden
Artık eve meyve de almıyorsun
Pembe kristal bir likör takımı gibi
Altı kadehinden birini hep boş tutuyorsun
Sen sanki bir denizin dibinde
bir balıkla öpüşüyorsun Aylâ Abla.
Hep bir mucizenin alt katında yaşıyorsun.

Keşke yağmura biraz daha yakın dursan
Kedilerin gıdılarına dokunsan
Keşke biraz illegal olsan Aylâ Abla.

Hayatıma kâkül kessem, cinayetler işlesem
bana yakışır mı Aylâ Abla?

YÜZÜM GÜVERCİNLERE EMANET

Bu şiirdeki gu-guk-guk sözcükleri
Kumrular taklit edilerek okunacaktır.

Gecenin vitrinine konulmuş
Büyük bir yakut parçasıydı sabah
Mahalle kahvelerinde
Sıcak çaydan adamların
Yüzleri ağarırdı ilk ışıklarla
Gençlerin güzellerinin makbul olduğu
Tek ülkeydi ülkem
Benimse yüreğim
Koltuk altına sıkıştırılmış,
Yenik bir tavla maçı ertesiydi.

Kumların göremeyeceği yerlerime dokunurdu sabah
Akşamdan kalma titrek ellerini
Sevecenlikle dolaştırırdı kirlenmiş atmosferimde
Dişler arasında çıtırdayan bir çekirdek gibi
Açardım gözlerimi birden
Kırık tahta masalara öykünür, bir sigara yakardım
Dudaklarıma yapışır, yakardı dudaklarımı
Gu-guk-guk! gu guk-guk! taneleri
Sarhoşluğuyla avunurdu tırnaklarım
Bardak diplerinden vişne-cin pıhtıları kazırdı
Her şey açıklığa kavuşurdu

Gözlerim ormanda kaybolmuş çocuk gözü renginde
Acemi ve pazartesi olurdu.
Kara sürmeler çekerdim gözlerime
İzinliydim nasıl olsa dezavantajı bol şiirler yazmaya

Tartıl be abla! derlerdi
Karınca gibi ince belli çocuklar
Güvercinlere yem at,
Sevgiline bir gül hediye et
Bulvar yolundan geçen otobüslere
Hiç binmemiş biri olduğumu bilmezlerdi
Üzümlerden ayrı bir üzümdüm
Bilmezlerdi
Bir üzüm yüzsüzlüğüyle:
Tartın beni derdim
Tartardı çocuklardan biri
Binalar eğilir bakardı iç çekerek
Camları ışıldardı.
Küçük, nasırlı bir avuçtan
Avuçlarıma dökülürdü tüm şehir
Alır yüzüme sürer
Güvercinlere emanet ederdim yüzümü
Aç gagalarını ıslatırdı gözyaşlarım

Kurumlu bir saat kulesi kur yapardı bana,
Çeyrek geçmişliğiyle övünen o topal.
Bir gül uzatırdı çocuklardan biri
Ellerimden güle yalnızlık batardı
İçi bulanırdı yalnızlığımın
Kusardı serseriliğini en görkemli meydana.

CEVŞENÜ'L-KEBİR

Işıl. Uzun siyah saçlı kız
Bu rutubetli mektup selamlarla doludur.
Hüznümü assam kururdu ütü masasına.
Ama çoraplarım kurumayacak sabaha.
Hem bilirsin,
Yağmur kadar İzmirliyimdir.
Plastik gardırobumun karnı deşilmiş.
Sanki kanat çırpmaya hazır bir martı.
İşe yine geç kalacağım.
Kızarsa, müdüre bir parça gevrek atarım.
İzmir'de simite gevrek derler,
Gevrek apayrı bir şeydir bizim burda.
Böyle mavi,
Böyle yeşil, böyle sarı değil.
Kara, kapkara büyü.
Ben de bundan sonra artık,
İnadına
Susamlı ve yoksul şiirler yazacağım.
Bazen pencereden baktığımda
Elma şekerleri asmışlar sanıyorum ağaçlara.
Ama saat beş buçuk olduğunda
Vallahi kalbimin yerinde hep bir elma şekeri vardır.

Sevinçli bir kalp, sevinçli bir çocuğa benzer Işıl:
Koşmak ister,
Salıncağa binmek ister...
Şubatta falan dağ laleleri çıkıyor ya
Alıp ıslıyorum koca bir kâseye.
Bazen yağmura bağırıyorum:
Bas ulan! Bas evimi basacaksan!
Yaşım yirmi altı oldu bu sene.
Duvar döküldü rutubetten
Beton gri bir kabak gibi ortaya çıktı.
Bazen gecenin ortasında yağda yumurta pişiriyorum.
Dünyanın en ıssız cızırtıları bunlar Işıl,
Duyuyor musun?
Hayatı seviyorum yine de.
İstersen iki kalp çizer altını da imzalarım.
Bana beni kötülüklerden korusun diye verdiğin
Cevşenü'l-Kebir'i duvara astım.

Ölüm. Siyah taşlı gümüş yüzük.
Bu mektup,
Rutubetli selamlarla doludur.

MR. PARKINSON

Her gün uzak ülke kırpıntıları dökülür
Güneşin ceplerinden.
Yoksul aile babası cebi gibi,
Biraz kasvetli ve susam kokulu.
Sanki gretagarbo artisti ölür gibi
Gün batana dek karabasanlar dolaştırır
Sokaklarda hırdavatçılar
Gecenin her köşesinde sarhoşlar gündüzü kusarlar
Güneş vergi iade zarflarında saklanır.
Ucuz elbise askılarında tiril tiril
Amortiden bir deniz sallanır.
Sabaha karşı nemli bir ıslık
Bir köşede siftinip duran sokak kedilerinin
Tüylerini tarazlar
Yampiri bir yağmuru seyreder
Dizilip rengârenk pis kediler

Boyozcular
Elleri yağlı, gözleri yağlı
Gönülleri yağlı pis adamlar.
Güvenoyu alamamış martılar.
Kemeraltı çarşısına alışverişe çıkarlar
Otuz iki yerinden bıçaklanmış aşklar damlar gözlerinden.
Kulenin altında bekler her öğlen Mr. Parkinson.
Bu şehirde adamın biri
Her öğlen bir deprem bekler.

ENKAZ KALDIRMA ÇALIŞMALARI

I.

Bir tezgâhtar parçasıyım ben
Üç kuruşluk acıya müdahale edemem
Kanatlarımda sigara yanıkları
Gül diye okşadım onu yıllarca
Sen istersen derdim müşterilerime
Sen istersen kalbimin hepsi de melek olsun
İnanırım bazen bir kâse bal bile umutsuzdur.
Gül tutan bir adam aradım yıllarca
Rakamlar büyür, şehir küçülürdü.
Vazgeçtim, vazgeçtim sonra
Beni anneme götürsün bindiğim bütün taksiler.
Kalbim neden isli bir şehir?
Kalbim! Neden ben?
Bir tek aşk sözü söylememiş gibiyim.

II.

Bir tezgâhtar parçasıyım ben
Kendime alıştım bodrum katlarında
Geceleri yokluğum karşıladı beni
Kuru yapraklar sererdi merdivenlerine
Viks sürdüm burnuma, coca-cola içtim
Ağlamaklı oldum kaç kere çilek reçeli yüzünden.
Büyülendim Sibel Can çalınan taksilerden
Büyülendiğin şeyler,
Büyülenmediğin şeyleri döverdi bilem.
Neden sen böyle çocukluk resmiydin kalbim?
Kendime alıştım bodrum katlarında
Artık bir karanlık bağımlısıyım.
Kezzap attı yüzüme sokak lambaları
Tenekeden bir aydınlıkla kestim
Hayatla ilgili bütün bağlarımı
Hazırım ben
Bir anne ismine bağlamayı her şeyi:
Füsun...

III.

Acıklı sözler kraliçesiyim ben
Yağmur bir daktilo kız kadar hızlı
Hızlı daha hızlı
Fazla vaktim kalmadı
Artık ifadem alınmalı.
Asaletim de sizin olsun baylar, rezaletim de!
Beni bir sutyen lastiği ile asın.
İnanın kendimin
"Yokluğunda çok kitap okudum"
Bana birkaç hayatî meseleyi ödünç ver kalbim
Görüş günlerinde seninle konuşabilmem için.
Kalbim neden ben?
Sırf sevinesin diye seni bir kere bile
Elinden tutup parka götürmedim.

IV.

Melankoli ve kolonya şişesi
Kalbim ile İzmir aynı şey mi?
Boyunlarında simsiyah birer halka
Kumruların hepsi de dişi mi?
Gugukguk yusufçuk
Nerdesin? Burdayım.
Bekleyin, bekleyin geliyorum!
Melankoli ve kolonya şişesi

Hayatımın üstünde imkânsız kuşlar uçuyor.

V.

Kalbimi bıraktım bir yanıbaşımda
Kanatlarımla hep böyle yalnız başıma
Son şiirimi de kaybettim.
Kalbim! Neden ben?
Son çocukluk resmimi de bir yabancıya gönderdim.

KURBATİ

Gece lambası kırmızı bir kadın yapıyor beni
Oysa limon ağaçları bahçede küçük sarı güneşler taşıyor.
Dokunsam bile onlara yanmam. Ne tuhaf!
Bir oyuncak ayım vardı, ismi Işıldak.
Bir kız kardeşim vardı saçları simsiyah
Ne tuhaf böyle hatırladıkça her şeyi,
Ağrı Dağı'nda saçlarımı karla yıkamak.
Kırmızı bir mum olsam yakışırdım şamdanıma
Oysa çok üşüyor ellerim bu akşam...

Martılardan duygulanmadım hiç, ne tuhaf!
Ben belki denizden bile eski biriyim.
Başka isimler bulmak isterdim martılara
Kirloş mesela Kirloş desem artık onlara.
Kasapların perdeleri boncuktan
Et. Kan. Ve o boncuklu şıkırtılar
Ne tezatlı bir şey, ne tuhaf
Ne tuhaf acıyla hiç konuşamamak.

Gece lambası kırmızı bir kadın yapıyor beni
Her şey şimdi itiraf edilmeli:
Kocam bir çingeneydi.
Eşiniz bir çingene mi hanfendi? diye sorarlardı.
Hayır efendim derdim, hayır eşim bir sanatkârdır.
Eski yırtık gecelikler, eski yırtık çarşaflar
Eski, yırtık bir sızıyla sevişirdik.
Her şey şimdi itiraf edilmeli:

Bir pijaması bile yoktu benim kocamın baylar.
İnsan çingeneyse, yani ruhu çizgiliyse
İnsan acıyla yalnızca sevişebilir baylar!
Soruyorlar, Soruyorlar:
"Ellerin neden titriyor sevgilim"
Bilmiyorlar doğmadan öldürdüğümü üç-beş çingeneyi.
Üç-beş dünya kaldı artık aramda dünyayla
Artık açıklayamam bir türlü.
Ne tuhaf geçmişim kırmızı bir kadın yapıyor beni.
Her şey şimdi itiraf...

Bulurlar sabaha siyah, çirkin bir balık olarak
Açıklayamazlar artık beni bin türlü.
Bilmeyecekler, bilmeyecekler bir çingenenin
İsmini vererek kendime öldüğümü.
İsmim... İsmim... İsmim Kurbati.

BIKTIĞIM ŞEYLER VE YEŞİL FANİLA

Gözlerin bir yeşil fanilaydı balkonda uçuşan
Sicim yağmur taklidi
Bıkmıştım zor geçen kışlarımı anlatmaktan
Bardağa birkaç çiçek ıslamaktan.
Parmağımın ucunda kırmızı kenarlı bir bulut
Onu uzatırdım sana, yalnızlık gibi iri bir damla
Parmağına düşen bir damla kandı aşk.

Seni sevince pazara çıktım sevinçten
Enginar aldım "süper enginarlar" diye bağıran adamdan
Oturup ağladım sonra, şaşırdın.
Bu "süper" oluşta canımı acıtan bir şeyler vardı.
Canımın acısıydın.
Ben bir tek o canı unutmamak için her şeyi hatırlamıştım.
Sevişmiştik.
Evde binlerce tespih böceğinin ayak izleri
Sevişmiştik.
Biri başımdan aşağı pırıltılarla dolu bir sözlüğü boşaltmış gibi
Seni sevince kıpırdayan her şiiri
Kahverengi bir çaydanlıkta saklıyorum.

Sonra gittin.
Birlikte kışlıkları naftalinleyecektik.
Söz vermiştim unutmayacaktım gözlerini
Bir yeşil fanila gibi ipte, alıp ütüleyecektim.
Herkese iyi akşamlar demeyi öğretecektim gözlerine.
Sonra gittin.
Çocuk oldum bir daha, ağladım.
Kaç şiir, kaç kere sular altında kaldı.
Kitaplar, aşk, her şey.
Her şeyi son bir kere daha kurtaramazdım.
Keşke nane şeker gibi mentollü bir buluttan doğaydım
Sonra gittin.
Beyaz bir küf büyüdü evde, tersten yağan kar gibi.
Keşke dünya toz şekeri ile kaplı olsaydı.
Çocuk oldum sonra ağladım, yağmur bile beni ayıpladı.
Söz dedim, söz verdim.
Yüzüme bir daha çiçekli masa örtüleri sermeyeceğim.
Sokakta kuş ölüsü bulmuş çocuk gibi ağladım.
Söz dedim, söz verdim.
Ruhumu gömdüğüm yer hâlâ belli.
Güneşi özledim, sonra seni
Keşke gölgesine razı bir fesleğen olaydım.

Sonra gittin
Gözlerin bir yeşil fanila unutulmuş balkonda
Sicim yağmur taklidiydi
Artık iyice inceldi.

ŞİMDİDEN BİR HATIRASIN

Mektup Aşklarına

Şimdiden bir hatırasın
Bulutsa, tozsa, uçarsa
Bütün (aşklar) paranteze alınsın
Rüzgâr çanısın, rüzgârın diline dolanırsın
Ne bir şarkısın,
ne de dillerde nağme adın
Artık bazı şarkılar kadar yaralısın

Günler izmarit diplerinde biriksin
O zaman mutlaka bir trenle gelirsin
Köpüklerdensin, mavisin, sakinsin
istesen suyun tenine bitişirsin
ellerimi bıraktım, artık bunu sana yazsın
İçimde iki yaşlı balık varsa,
İçimde biri pulsuz, iki balık varsa
Biri sensen, gelirsen ve yok edersen
Bunu yazmak istiyorum sana
Sonra postalamak istiyorum
Pulsuz bir zarfta
Hiçbir mektup artık ikna etmiyor beni hayata

Bu kırmızı oyalarla saçlarımda
Beyaz bir tülbent gibi kalırsam
tenimde, süzemediğim tortularla
Gün olur sararırsa sayfalarda
Bıraktım ellerimi, sana bunu yazsın
Şimdiden bir hatırasın

Kırık kalplerle süslü bir sayfaysan
Camsan, saydamsam, beni kırarsan
Simlerimle sevişirim seninle
O süslü sayfaların üzerinde
İçimde iki mutlu yıl varsa,
İçimde biri simli iki kadın varsa
Sen, gelirsen ve yok edersen
Bunu yazmak istiyorum sana
sonra postalamak istiyorum
Simli bir yılbaşı kartıyla
Hiçbir mektup artık beni, ikna etmiyor hayata

Şimdiden bir hatırasın
Açmışsa bir sardunya saksıda
Bütün (aşklar) paranteze alınsın
Bıraktım ellerimi, artık sana bunu yazsın
mektuplar postaya takılırsa...
Ey aşk sen
Artık bazı şarkılar kadar yaralısın.

ÇİÇEKLİ ŞİİRLER YAZMAK İSTİYORUM BAYIM!

"Zenciler prensesi olacağım,
Hayat işte asıl o zaman başlayacak"

Pippi Uzunçorap

Çiçekli şiirler yazmama kızıyorsunuz bayım
Bilmiyorsunuz darmadağın gövdemi
Çiçekli perdelerin arkasında saklıyorum.
Karanlıkta oturuyorum, ışıkları yakmıyorum
Çalar saat zembereği boşalana kadar çalıyor
Acı veren bir sevişmeyi hatırlıyorum.
Bir bıçağın gereksiz yere parlaması bu.
Yıllardır kendini bulutlarda saklayan
İllegal bir yağmurum.
Bir yağsam pahalıya mal olacağım.
Ben bir bodrum kat kızıyım bayım
Yalnızlıktan başka imparator tanımaz bodrumum
Bir süredir plastik vazolar gibi hiç kırılmıyorum
Fakat korkuyorum. Birazdan da
Kırk üç numara ayakkabılarınızla
Bahçede oynayan çocukların üstüne basacaksınız
Bu iyi olmaz bayım!

"gün akşam oldu" diyorum.
Ekmek kırıntıları atıyorum kuşlara,
Cam kırıkları yiyorlar.
Rüyamda bir kâse dolusu suyun içinde
Rengârenk yap-boz parçacıkları
Anlatmak istiyorum, dinlemiyorsunuz.
Hayır, sanırım sabahı bekleyemem.
Bilmiyorum.
İnsanlar rüyalarını acilen anlatmalı.

On dört yaşındaydı ruhum bayım
Bir mermer masanın soğukluğunda yaşlandı.
Protez bacaklar taktılar ruhuma ince ve beyaz
Gıcırdaya gıcırdaya dolaştım şehri.
Protez bacaklarıma bile ıslık çaldılar
O ara içimde çiçeklerden oluşmuş
bir silahsız kuvvet ablukaya alındı
Sinemalarda da "orgazm gıcırtıları" oynuyordu.
Kaçmaya çalıştım. Olmadı.
Bu nedenle çiçekli şiirler yazmayı
ruhum açısından faydalı buluyorum.
Neyse işte
Ben her filmi hatırlarım

Sinemaların hiç bitmeyen gecesine
sığındığım çok oldu.
"Sofi'nin Tercihini" seyrederken çok ağlamıştım
Öpüşen guramilerle ilgili bir film yapsalar
onu da mutlaka hatırlardım.
İnsan içinde çevrilen bir çıkrığın sesini unutur mu?
Hem sonra ben hatırlamaya alışkınım.
Bir "eşya toplayıcısıyım" bayım

Büyük gemiler de yok artık
Büyük yelkenler de
Büyük kâğıtlar yakmak istiyor şimdi canım
İşte az önce karabatak daldı suya
Bir süredir de kayıp
Dünyayı yutmuş olarak çıksa da ortaya
Ölüm çok iri bir sözcük değil bayım
Kasımpatları kadar acı kokuyorum biliyorum
Ama siz sobada sucuklu yumurta pişirip yiyen
Yoksul bir aşkın güzelliğini bilir misiniz?
Bir gül bir güle derdi ki görse...
Yalan söylüyorum
Güller bu sıra hiç konuşmuyor bayım.

İRİS'İN ÖLÜMÜ

Bugün kalbimi eski bir plak gibi
Öyle çok tersine çevirdim ki:

Bazı şarkılar vardır
Cızırtılı bir yağmur gününü anlatır
Uzaklarda süren sarı yağmurluklu bir hayatı
Deniz bazen kendini kaldırımlara fırlatır,
O zaman bir yavru yengece bakan
İnsanların şarkısı olurdu o şarkının adı.
Keşke ismim İris olsaydı,
Keşke ismim herkese
Sarı yağmurluğuyla koşan hayatı anlatsaydı.

Bazı şarkılar vardır
Ellerim kocamanlaşır, tuhaflaşır
İşte o ellerimle herkese
Çamurlu şiirler uzatsaydım
Hepsi çok kirli olsaydı tanrım!

Bazı şarkılar vardır
Kırmızı akşam sefalarını anlatır
Karanlığın kalbinde yalnız, açmanın acısını
Komşu kadınların basma elbiseli konuşmalarını
Geceyi onlar bahçeye taşırdı
Ben ne zaman öleceğim tanrım!
Sabah olunca mı?
Keşke birkaç dakikayı ipek mendillere sarıp saklasaydım
İrileşen, gitgide irileşen ağaç gibi
İsmi nedensizce İris oluveren bir ağaç gibi
Şu odanın ortasında dursam,
Saat kuleleri dökülürdü dallarımdan tanrım!
Artık sarı yaprakların ölü olduğuna inanmıyorum.

Bazı şarkılar vardır
Kanatlarında yağmuru taşıyan kelebeği anlatır
Kırmızı bir çakmak gibi neşeli ölmek olurdu
O şarkının adı,
Ardında yalnızca nemli sigaralar bırakmanın acısı
Keşke ismim İris olsaydı,
Keşke ismimin bir anlamı olmasaydı.

Herkes çıkarsın kalbini
O çirkin mücevher sandığından
Ve herkes onu birbirine fırlatsın tanrım!

BUĞU

I.

Ölü mavi bir kelebeğim
Kuruttum kanatlarımı
Mavi bir bilyenin göbeğini öptüm
Her dehlize girdim, her sırra erdim.
Çocuklar gibi ölmeyi bilmeden öldüm.

II.

Ölümlüler ülkesinde bir terzi
İpek keser, sim diker geçmişe
Saçlarını örer yılların,
Ay bile fırlar sahneye o zaman
Canı acır, ama tango yapar yine de
Kayıp fotoğraflar bulunur ansızın
Hayatın ve yılların gizli deliklerinde.

III.

Mezuniyet gecelerinden,
Bilenmiş bir bıçak gibi çekilirdi insan
O zaman kızlar oğlanlara bakar
Oğlanlar dere otu kokardı.
Yağmur yetmezdi kimseye
Başka tılsımlarla ıslanırdı herkes
Ayak bilekleri incecikti yüreklerin.
Dudaklar rumdu, gözler palikarya
Hayat inatla gamzelerini saklar
Çerçiler yine de ayna satardı.
Sabah after-shave sürünmezdi o zaman
Şaşırtıcı ve kamaştırıcı yanakları
Seksen derece limon kolonyası kokardı
Dün epridi,
Hayat ucuz ağlayan çocuk resmi!
Zaman mavi yün bir kazaktı sanki.

NOT: Mavi kelebek dün öldü
İzmir'de her şey bitti.
İspanya'ya gidiyorum.
Bir aşk mektubu yazmaya
ve iskambil kâğıtlarını ateşe atmaya!

KEDİLERİN ALIŞKANLIKLARI

Kayboluşumun beşiğini sallıyorum bu akşam
Büyüyor yavaş yavaş
Sırtında parmak izleriyle zamanın
Bir tekir kedi ile beraber
Seyrediyorum hayatı:
O meleklerin cebinden düşen anahtardı,
Son zikrin halkası
Allah'ın son hatırası
O bizim kaçırdığımız fırsattı
Uğurböcekleriyle parmak uçlarında
Küçümsedi hep ona olan aşkımı
Gözünün yaşına bakmadan şimdi ben
Kovuyorum ihtiyarı

Ardımda kırık bir ayna
Üvey anneleri hayatımın.
Batsın diye güneşe tempo tutan o kız çocuğu...
Evden kaçışımın pembe spor ayakkabıları vardı.
Hüzün neydi sanki o zaman
Artık kullanılmayan dikiş makinesi annemden kalma.
Ölüm neydi sanki o zaman
Bir önseziden başka.
Evden kaçabilirsin çocuk,
ama kaderden asla!
Babam
Çıkarılmış bir adam bütün fotoğraflardan
Kader neydi sanki o zaman,
Masada açık unutulmuş
Turuncu kulaklı bir makastan başka.
Bir ağaca bakıyorum şimdi
Başladığı yerde bitiyor dünya
Alışıyor dil şimdi
Azı dişinin bıraktığı boşluğa.
Bastırıldı nihayet hayatın kadife kalesinde çıkan isyan.

Söküyorum şimdi sözleri birer birer
Kalpten kalbe giden yolu kapayan.
Kalbim, anlatılmaktan usanmış,
Yıldızı sönmüş bir komedyendir artık,
Dilencinin önünde kahkahalar atıyor,
Kirli bir mendille çıkınlanmış şimdi dünya.
Hayretle bakıyorum kedinin gözlerindeki çapağa,
Geri vermiş hayata çaldığı şiirleri,
Ne zaman aşkı tersinden okusam
Anlıyorum kediler bile meğer alışmış bu yokluğa
Sallayıp duruyorum bu akşam kayboluşumun beşiğini,
Gönüllü hemşire birinci sigarasına.

Sarhoşum kaderlerde biriken tozla
Çekil diyorum kâğıda, çekil,
İçer ve zehirlenir
Ne zaman gözlerimden mürekkep damlasa.
Kalbime dokunuyorum bir kelebeğe dokunur gibi
Yetmez mi acaba bu dökülen pullar aşka?
Yoksa şu sızıyı
Sobası tüten evin şiirinde mi saklasam?
Şu sardunyanın kırmızı çiçek açışına
Yetmez mi acaba ah kör olmuş bir Türk filminde ağlasam?
Ne zaman sorsam,
Anlıyorum kediler bile meğer alışmış zamana.

Dünyayı bir salyangozun izlerinde dolaşsam,
Elimde parlak bir harita
Hiçbir atlasta henüz yer almamış.
Ardımsıra yollara hayalimin kırıklarını bıraksam
Yeter mi bu izler beni kendime getirmeye acaba?

ÇALIKUŞU'NUN Z RAPORU

Kedi ve kasımpatı kokuyor bütün sokaklar
Dilinin dönmediği duaları sayıklıyor
Zeyniler Köyü'nde Çalıkuşu şimdi zaman.
Bir çılgınım,
Kedilerin ruhlarımızı okuduğuna
İnandırmaya çalışan herkesi.
Bir elimde tabanca,
Bütün dualarım delik deşik

Başörtülü bir anne olarak bekliyorum,
Ruhumun şark hizmetinden dönüşünü
Mahalle kavgalarına karışmadan.
Kocaman bir kabakla boğuşuyorum bazen,
Doğuruyor ve kızartıyorum onu
Günler Külkedisi, akşamları kömür yakıyoruz
Hikâyeme bir hayat yazmak istiyorum
Pek de inandırıcı olmayan
Hayatıma bir ölüm.
Ihlamur göndermek istiyorum ruhuma, yün eldivenler
Geçmişim:
Romantik radyo dinleyen o eski arkadaşım.
Limon ağaçlarından bahsetmek istiyorum son bir kez daha
Beni masalların ortasında bırakıp giden ruhuma.

Otobüs duraklarında yağmurlar bekliyor beni,
Yağmurla beraberliğimden doğan
birinci ve yüz bininci hayaletim
Ucu ısırılmış bir simidin acısını durmadan
O kadar çok, o kadar çok hissediyorum.

Fareler yer altından fırlatılan havai fişeklerdi
Haberler getiriyorlardı, hep kötü haberler
Akşamları günahkâr yazarkasalar kadar
Z raporları kadar uzun şiirlerim.
Elinde bir paket çubuk krakerle geçmişim
O eski arkadaşım
Yıkanmış midesiyle
İskambil kâğıtları kusan, zarlar
Maça kızı ve pis yedili sayesinde
Kaç kere ölümle randevulaştı.
Plastik çiçeklerle ziyaretime geldi hayat
Semt pazarından alınma hırkasıyla
Her bastığında gıcırdayan tahtalarıyla
Öyle çok sevdim
Binlerce kapıcı karısından birinin ismiydi sanki kader

Delirdiğim altyazı şimdi bütün aynalarda
Vazgeçtim sonunda hep tura gelen uğur paramdan
Yazık, hiçbir şair bir çiy tanesi kadar bile sızamadı kâğıda
Kayıp şiirlerim gül resimleridir şimdi
Yazık, bir son mektup bile bırakmadan gitti
Zeyniler Köyü'nde Çalıkuşu şimdi zaman.

POLLYANNA'YA MEKTUPLAR

I.

Sevgili Pollyanna,
Sen bu mektubu okurken
Soğuk bir doğu sokağında,
Acılarla yüklü bir faytonla dolaşıyor olacağım
Atların boynunda ziller ve pembe orlondan püsküller
Şaklayan kırbaç ve gıcırdayan tekerlekler.

Kömürümüz bitti tam kışın ortasında
Toz hatıra ve talaş bastık sobaya
Üşüse böyle yapardı mutlaka hazreti İsa da.
Aşkın yüzünden düşen bin parçayı
Toplamaktan yoruldum ben artık Pollyanna

Yolda bavulumu çaldılar
Bana hediye ettiğin o kırmızı elbise de içindeydi
Ne güzeldi
Ben kendime çilek derdim onu giydiğimde
Bakar bakar anne derdim memelerime
İnsanın memesi olması büyük bir çilektir Pollyanna
Güzeldi yine de o yıllar
Küçük sarı pütürleriyle
Ne çabuk geçti.

Ama zaten onu burada giymeme izin vermezlerdi
Belki artık hiç olmaması daha iyi
Çalınmış bir güzellik,
Yasaklanmış bir güzellikten iyidir.
Ama onu asla unutmayacağımı bilmelisin.

Dilerim sen pötikareli gömlekler gibi neşeli,
İri dişli iki mısır koçanı kadar
Mutlu ve yan yanasındır.
Belki bir gün beni ziyarete gelirsin
Sana krem fıstıklı ekmek ikram ederim
Artık çok mutlu olacağızlı ekmekler
Süte ekmek doğrar ve
Papara papara diye şarkı söyleriz.
Sen ruhumun misafir odasında uyursun,
Süt ve gözyaşı lekeli yumuşak yer yatağında.

II.

Sevgili Pollyanna,
Senin romanlarında her şey o pazartesi başlardı
Kot pantolonlu, uzun bacaklı pazartesilerdi onlar
Ben mutfakta Edith Piaf dinler,
Bir lağım faresiyle göz göze bulaşık yıkardım.
Şehrimizin aşkı ve şehrimizin şarkısı
Öfkeyle pis su borularında dolaşırdı.
Sana patates kızartırdım.
Patatesler pazartesi kadar kırmızı oluncaya kadar...
Ölüm bizi ayırıncaya kadar...
Aşkımız şehrin en güzel aşkıydı
Kolay değildi, kolay olmamıştı
Yıllarca şehrin en güzel aşkının benekleriyle yaşamak.

Kirli muşamba perdeli meyhanelerde ağlardım
Masaaltı kedileriydi benim için ağlamak,
Bazen tekirdi, bazen sarman
Kim önce fırlarsa parsayı toplardı.

Öfkem içimde emekleyen kırmızı patikli
Bir bebekti sanki Pollyanna
Her köşede nergisler satıyorlardı sokaklarda
Baygın kokulu güneşler gibi...

Onları satın almak,
Sonra bir gün yüzü çatlak intiharlarımı boyatıp
Otuz altı numara bir hayata başlamak...
Uzun bir nekâhet döneminden sonra
Nihayet ayağa kalkmak...
Öfkem
Üstü kalsın derdi ve bırakırdı hayatımı
Bayat bisküvi kokan o mahalle bakkalına
Öfkem
İşi bitmiş bir çalı süpürgesi gibi
Dayamaktır kendini duvara...
Öfkem Pollyanna
Neden güzeldi?
Bütün güzeller gibi elinde bir badrak sıcak çayla

Her şey o pazartesi başlardı
Şehrimizin aşkı ve şehrimizin şarkısı
Öfkeyle pis su borularından taşardı.

III.

Sevgili Pollyanna,
Radyo tiyatrosu dinlenirdi bir zaman içimde,
İçimde dünyanın en eski kedisi
Eski bir sobanın yanında uyuyordu.
Çocuklar bir köşede
Yenidünya çekirdekleriyle beştaş oynardı
Frenk elması da derler
Sarılı kahverengili bir meyve.
Annem işte öyle bir kadındı
Çocuklar gökyüzüne bakar sorardı:
Ay dede orada ne yapıyor anne?
Annem öldüğünde ay dede içimde
Yüzlük bir ampul gibi parçalandı.
Annem işte öyle bir kadındı
Aşure getiren çocuklara,
Teşekkür eder gibi yaşadı
Öldüğünde gül resimli bir takvim yaprağıydı.

Pollyanna,
Sana göre insan
Profiterol yer gibi yaşamalı
Bir çamur deryasının içinde
Küçük beyaz mutluluk topları yakalamalı.
Bense vücuduma şiirler saplıyorum durmadan
Sen de bilirsin ya Allah
Dayanabileceği kadar acı verirmiş insana.

Geçen yazı
Bir dut ağacının altında roman okuyarak geçirdim
Dut taneleri düşerdi sayfalara
Tıpkı tatlı bir yaz yağmuru gibi
Büyük taneli tıpırtılarıyla
Kendimi dut ağacının gölgesini yiyen
Bir ipek böceğine benzetirdim.
Ucuz teşbihler beyaz atlı prenslerdir Pollyanna
Bir şiire gelir
Ve onu bu hayattan kurtarırlar.

Ah Pollyanna,
İçimde sanki hep aynı şarkıyı çalan bir laterna:
Cancağızım basma perdeme bir çiçek de sen olsaydın
Kaçarken yangın merdivenlerine
Keşke grapon kâğıtları assaydın.